고양이의 시

VOL.2

프란체스코
마르치울리아노 지음
김미진 옮김

고양이의 시

VOL.2

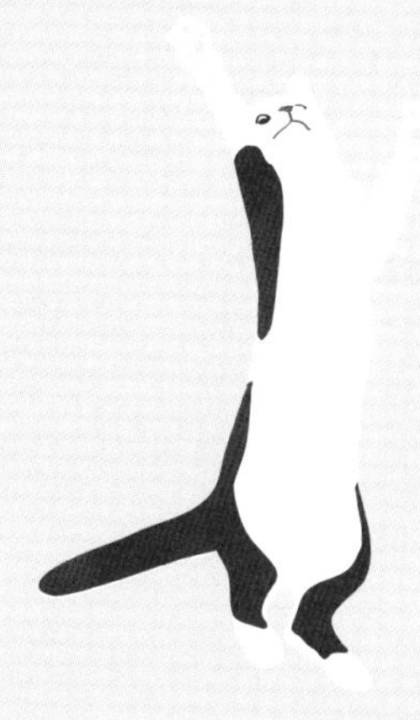

인간들, 힘내

I COULD PEE
ON THIS, TOO

인세를 기다리는 두 고양이,

릴로와 키키에게 이 책을 바친다.

들어가며

어느 고대 이집트인의 집에 들어가 그의 코를 할퀴고 먹이를 내놓으라고 요구한 최초의 고양이가 비길 데 없이 뻔뻔한 담대함으로 고양이 신이 된 이래, 인간은 고양이의 마음이 궁금해 몸살을 앓아왔다.

다행스럽게도 고양이들은 우리 눈에서 그 간절함을 읽어냈고, 우리에게 그들의 첫 시집 『고양이의 시: 망가진 장난감에게 바치는 엘레지』를 하사해 그들의 희망, 꿈, 그리고 인생에 대한 날카로운 통찰을 깊이 들여다볼 기회를 주었다. 어느 집이나 둘째 고양이를 맞으면 더 좋아지듯이, 고양이들에게 두 번째 시집을 부탁해도 괜찮지 않을까 생각했다. 하지만 안타깝게도 고양이들이 출판 계약서를 장난감, 음료 뚜껑, 자동차 키와 함께 냉장고 밑에 처박아버렸고, 우리는 6주 동안이나 차를 끌고 나갈 수 없었다.

어쨌거나 계약서를 다시 찾았고, 고양이 시인께서는 우리 인간에게 바라는 게 무엇인지, 스스로에게 기대하는 건 무엇인지,

왜 우리 얘기를 들어줄 시간이 없으신지에 관해 좀더 심도 있게 다룬 더 많은 작품을 써주셨다. 이 시집을 읽으며 독자들은 고양이 눈으로 본 세상을 보고, 그들의 마음을 통해 세상을 이해할 것이다. 또 피자 한 조각을 들었는데 하필 소스가 묻은 쪽으로 고급 카펫 위에 떨어뜨려버렸을 때의 기분을 맛볼 수도 있으리라.

그렇다. 수천 년 동안 고양이의 내면은 우리에게 신비의 세계로 남아 있었다. 하지만 이 책과 고양이가 쓴 시의 힘으로 여러분은 마침내 고양이의 기분, 행동, 말을 이해할 것이다. 또 여러분이 "왜?" "안 돼!" "나 지금 그 옷 입으려고 했단 말이야" 같은 말을 아무리 해봤자 그들이 눈 하나 깜짝하지 않는 이유도 알게 될 것이다. 마지막으로 여러분도 고양이를 신처럼 떠받드는 게 좋을 것이다. 그러지 않으면 여러분의 집 열쇠 역시 냉장고 밑으로 사라지고 말 테니까.

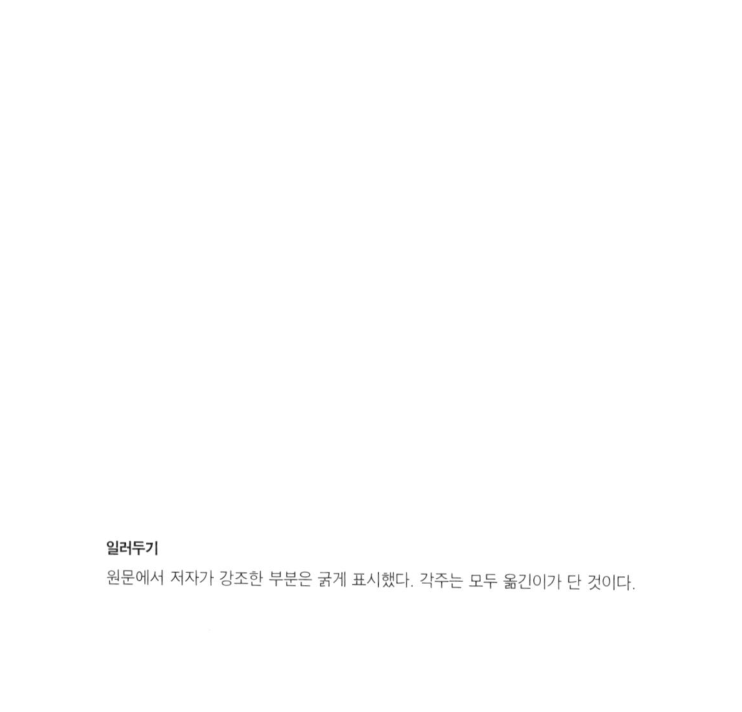

일러두기

원문에서 저자가 강조한 부분은 굵게 표시했다. 각주는 모두 옮긴이가 단 것이다.

차례

들어가며 006

1
우리 반려인들
013

2
우리 집
065

3
우리 생각
105

4
우리 규칙
141

감사의 말 181
옮긴이의 말 183

1 우리 반려인들

누구든지

고양이 한 마리(혹은 둘)는 길러야 해

그래야 진정한 사랑을

그리고 자신의 진정한 주제를 알 수 있거든

오줌을 눌 거야, 여기에도

여기에 오줌을 눌 거야

여기에도 오줌을 눌 거야

이 러그를 박박 긁어놓을 테야

이 카펫도 손을 좀 보고

이 소파는 전체적으로 섬세하게 조각해야지

이 의자도 소파랑 똑같은 영감을 주는군

같이 작업할 수 있는 동료 예술가와 함께 산다는 건

참 즐거운 일이야

우리 인간 비평가가 매번

신랄하게 "아휴!"로밖에

혹평할 줄 모르는 게 좀 아쉽긴 하지만 말야

미안해

미안해

그 커다란 파스타 소스 냄비를 떨어뜨려서

주방 바닥을 온통 엉망으로 만들어버려서

변명하자면

네가 왜 화를 냈는지 벌써 까먹었어

저기, 바닥에 굴러다니는 저 미트볼 나 먹어도 돼?

지켜보고 있다

네가 자는 걸 지켜본다

네가 먹는 걸 지켜본다

네가 책 읽을 때도 지켜보고 있어

네가 걷는 것도 지켜보지

샤워할 때도 지켜본다

옷 입을 때도 지켜보고

멀리서도 널 지켜봐

커튼 뒤에서도 널 지켜보고 있어

내가 지켜보는 거 다 알지?

내가 인간이라면

네 무릎이 아닌 감옥에 들어가 있겠지

이름

팻치

스모키

캘리

스니커스

루나

미스티

슈너글스

심바

입양 첫날, 이름을 정하기란

정말이지 어려워

하지만 이제부터 네 이름은

'프린세스 퍼넬러피 풉페이스PoofFace*'야

비록 네 운전면허증에

'스티브'라고 씌어 있긴 하지만

* 휙 나타나거나 사라지는 얼굴이라는 뜻도 되지만, Poop-face와 발음이 같아 '응가 할 때 표정'으로 들리기도 한다.

무표정한 얼굴

난 지루하지 않아

난 냉담하지 않아

난 무관심한 게 아니야

딴 생각을 하고 있는 것도 아니야

난 단지 무심한 얼굴을 유지하려고

진짜, 진짜 힘들게 노력하고 있는 거야

끊임없이 우스꽝스러운

네 일상을 구경하면서 말이야

네게 상처주고 싶지 않아

너는 이 세상에서

내가 결코 상처주고 싶지 않은 사람이야

하루에

두 번이나

상처를 줘야 하는 건 정말 싫어

그러니까 그만둬

날 침대에서 끌어내려고 하지 마

왜?

눈은 흐려지고

팔다리는 늘어지고

영혼은 가출하고 말지

네가 정신 나간 듯이 미소 짓는 동안

내게 네 얼굴을 들이대는 동안

네가 셀피를 찍어대는 동안

난 깨달아버렸어

카메라가 정말 사람의 영혼을 빼내간다는 것을

내버려둬

날 좀 내버려둬

월요일이야 생각 좀 해야 해

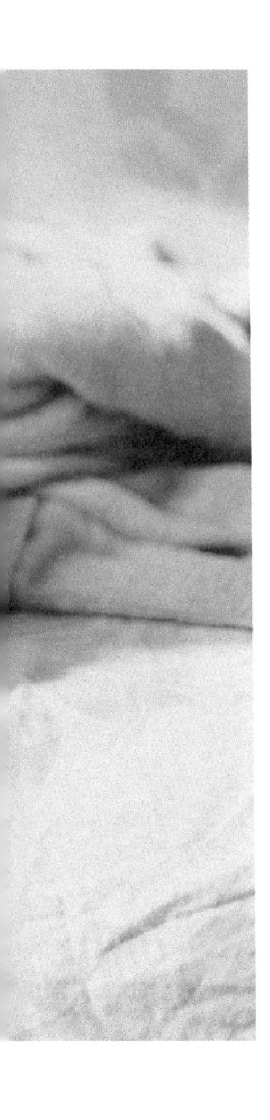

내버려둬

화요일이잖아 좀 쉬어야 한다고

내버려둬

수요일이야 빤히 지켜보기 해야 돼

내버려둬

목요일이야 하품하는 날이라고

내버려둬

금요일이야 기지개를 켜는 날

일어나! 일어나! 일어나!

토요일 새벽 세 시야

바쁜 평일이 끝나고 주말이 시작된 걸

축하할 시간이잖아

신입 고양이에게

새로 온 고양이 안녕

내가 우리 집을 안내해줄게

이건 내 소파야

이건 침대고

이건 내 장난감들

이건 내 먹이야

저쪽은 내 주방이고

복도, 거실, 그리고 사무 공간이야

이쪽은 내 인간이야

여기는 문이고

보면 알겠지만

여기 네 건 없어

우리 관계에 대해

개가 복도에서 널 졸졸 쫓아다니네

너를 따라 계단을 올라가고

화장실까지 쫓아가는군

너희가 걸어갈 때 보면 둘이 얼마나 가까운지

너랑 나랑 앉아 있을 때 우리 사이는 이렇게 먼데

내가 뭔가 부족한 걸까

우리도 그런 돈독한 관계가 되어야 하지 않을까

하지만 다시 생각났어

이틀 전에 어떤 무례한 계산원을 두고

네가 몇 시간 동안 쉬지도 않고 투덜대던 거

음 역시 떨어져 있는 게 좋다고 생각해

물고기

이제 잡았다, 물고기 녀석!

잡았어, 물고기!

잡았다고, 물고기!

그런데 퍼덕거리지를 않네

물에 젖지도 않고

이거 태블릿 게임이지, 그렇지?

그래서 그렇게 웃어대는군

내 바보 같은 모습을 동영상으로 찍어놓고 말이야

이제 이 태블릿을 두어 개 더 사야 할 거야

내가 지금 막 새로운 앱을 발견했거든

이름이 '스크래칭 포스트'래

나를 믿는 너

넌 믿고 있지

내가 재주를 익히고 싶어한다고

넌 믿고 있지

내가 내 이름을 배우고 싶어한다고

넌 믿고 있지

언젠가는 내가 "안 돼"가 무슨 뜻인지 배울 거라고

넌 믿고 있지

재채기를 했을 때 "몸 조심해"라고 해주면

이번 한 번쯤은 내가 "고마워"라고 말할 거라고

왜냐하면 넌 날 믿고 있으니까

소유

미안해

난 미처 몰랐어

우리가 이렇게 삶을 함께 일궈왔는데

모든 것을 함께 나누고 살았는데

내 세상 전부를 네게 주었는데

넌 아직도

내 것과 네 것을

나누고 있다니

빵과 빵 사이에 아무리 귀한 것이 들어 있다 한들

그까짓 거 누가 먹으면 어떻다고

고맙다니까

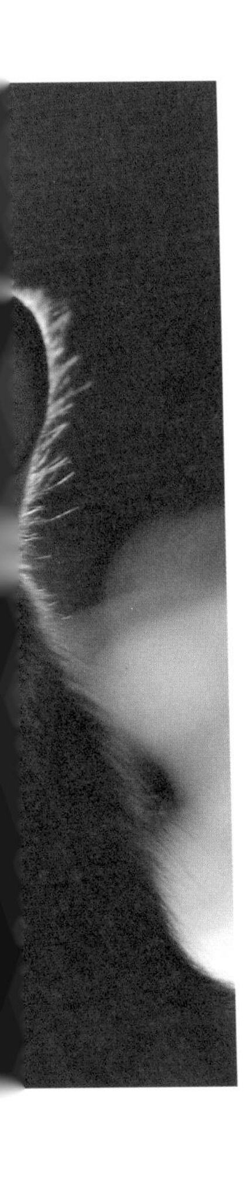

날 위해 해준 모든 것에

아무리 고마워해도 모자라지

보다시피

넌 더 많은 애정 표현을

끝없이 요구하잖아

이것만 알아둬

만약 내가 네게 무관심하다고 생각한다면

내가 너무 거리를 둔다고 생각한다면

내가 너를 신경 쓰지 않는다고 생각한다면

이것만 알아둬

난 네가 3주 전에 발가락 찧은 것까지 다 봤어

네 발이 어떤지 살펴보러 지금 왔을 뿐이야

2 우리 집

내게 집이란 심장이 머무는 곳,

두 사람과

다른 고양이 하나가

함께 사는 곳이야

앉기

이 종이 필요해?

그럼 내가 이 위에 좀 앉을게

이 수첩 지금 쓰려고?

내가 좀 깔고 앉아야겠는데

이 잡지 읽고 싶어?

그럼 이 위에 좀 앉아야겠네

노트북 지금 쓰고 싶어?

네 키보드 위에서 잠들어버릴래

침을 흘려서 시프트 키가 고장날 때까지

네 소통 수단을 단속하면

네 세상도 내 손바닥 안에 둘 수 있겠지

발톱

발톱

발톱!

발톱! 발톱! 발톱!

부러뜨리면 안 돼 이 발톱이 없으면
딱딱한 주방 나뭇바닥을 가로질러 옆으로 미끄러져서
열린 문으로 지하실까지 한 번에 흘러들어가게 된단 말이야

동거

너도 여기 산다는 거

잊지 않고 있어

네가 뒤치다꺼리를 다 해주는데

어떻게 잊을 수 있겠어

난 사교성이 있어

난 너랑 잘 지내

네 가족들과도 잘 지내지

내가 만나는 모든 사람과 잘 지내

그런데 누군가

"고양이처럼 사교성 없는 동물을

왜 기르는지 모르겠어" 같은 말을 하면

가끔 격해져서

온 세상을 향해 내 발톱을 휘두르고 싶은 충동을 느껴

저녁 식사

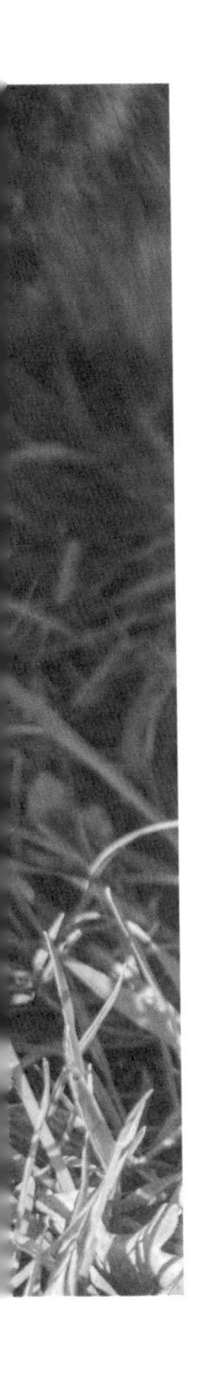

커다랗게 뜬 네 눈을 보니

놀라 벌어진 네 입을 보니

그리고 네가 앞발로

내 머리를 두드려대는 것을 보니

이봐 친구,

내가 네 밥을 먹어버렸나 보군

위로가 될지 모르겠지만

내 밥도 맛있었어, 친구

우리 집사는 아무도 편애하지 않는 게 분명해

암살

내가 벌레를 잡았을 때

넌 내게 고마워했지

내가 쥐를 잡았을 때

넌 내게 감사했지

그러니까 꽃을 잡아 뜯었을 때도

그렇게 큰 소리로

"내 난초! 내 멋진 난초!"

하고 비명을 지르는 대신

"난초가 우리에게 해를 끼치기 전에

해치워줘서 고마워"

이렇게 인사해야 하는 거 아니야?

난 내가 하는 일을 잘 알고 있다고

저 위를 봐

네가 기르는 저 새도 좀 위험한 동물 같아

모든 것은 너를 위해

넌 독서를 더 많이 하게 됐어

외출도 더 많이 하게 됐지

사랑하는 사람들과 그 어느 때보다도 더 많은 대화를

나누게 됐어

그래, 내가 널 위해 그 일을 해줬을 때부터

평면TV를 바닥에 떨어뜨려 박살 냈을 때부터

네 삶은 훨씬 더 풍요로워졌지

이제 널 뒤로 눌러앉히는 건 잠뿐이야

그래서 네 침대 이불에

뭔가 놀랄 만한 것을 준비해뒀으니 가봐

상자

그 상자는 내 장난감이자

침대야

내 은신처고

내 집이기도 해

사실 원래는 내게 아무 의미도 없었어

다른 고양이가 그 상자를 원하기 전까지는 말이지

하지만 이제 이 상자는 내 요새야

목숨 걸고 끝까지 지켜야지

첨벙

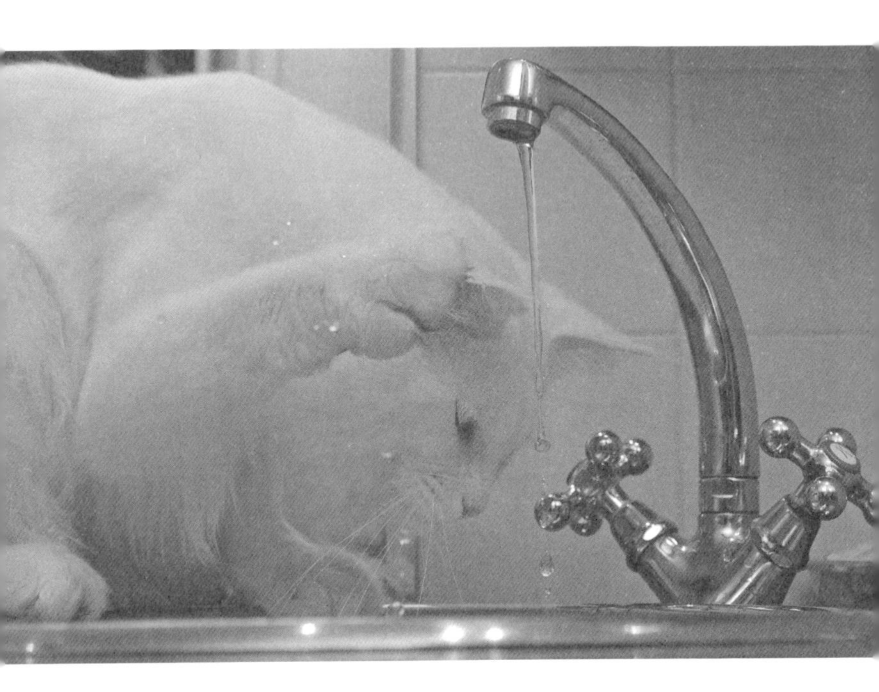

첨벙

철벅

철썩

물이 넘쳐 난장판이 됐네

이 물그릇에게 서열을

가르쳐주고 말 거야

심심해하는 너에게 자극도 줄 겸

날아오르면

날아오르면

솟구치면

어쩌면 저 선반 꼭대기에 닿을지도 몰라

저 선반 꼭대기 가까운 곳 어딘가에 내려앉을지도 몰라

저 선반 꼭대기를 부여잡을 수 있을지도 몰라

4.5미터는 되는 저 선반 꼭대기에

닿을 수 있을지도 몰라

작은 털 뭉치처럼 곤두박질쳐서

네 혼수 도자기 세트 위로

고꾸라지는 일은 없을지도 몰라

도망가야지

숨어야지

커튼 뒤에 잘 숨어 있으면

네가 내 대신 다른 고양이를 혼낼지도 몰라

조그만 모자

만약 내게 조그만 모자를

씌우려거든

조그만 셔츠랑

조그만 바지도

준비해줘야 할 거야

그리고 네 자산에 대한 소유권 증명서도

「동물농장」에 나오는 돼지들을 봐

사람처럼 옷을 입기 시작하고는

모든 걸 지배하기 시작했잖아

널 위해 내가 여기 있어

어깨를 으쓱할 때 의미를 알아

"괜찮아"라고 할 때 그 속을 알아

네 모든 말과 행동을 난 다 알아

네가 어디에서도 환영받지 못하고

아무도 알아주지 않고

아무도 봐주지 않는다고 느낄 때

내가 여기 있어

네게 귀를 기울이고 있어

널 보느라

한나절이나 빤히 벽을 쳐다보고 있다고

유령아

넌 아마 집주인을 놀라게 할 신음 소리를 낼 수도 있겠지

전등을 깨뜨린 것도 너일 거야

너도 날 위해 여기 있다는 걸 좀 보여줘

어서 와

계속 나 혼자 있다가

이 집에 나 혼자만 있다가

하루 종일 혼자 심심했던 차에

너는 미소 지으며 집에 돌아와서

허리를 굽히고 날 껴안아주네

그러곤 네 커다란 팔에서 탈출해서

네가 장 봐온 비닐봉지를 핥는 날 지켜보지

내일이나 돼야 다시 혼자만의 시간을 가지려나

실내 장식

툭 툭 툭

그러면 네가 꽃병을 얼른 움켜잡지

내가 그걸 선반에서 떨어뜨리기 전에

톡 톡 톡

그러면 네가 램프를 얼른 움켜잡지

내가 그걸 탁자에서 떨어뜨리기 전에

툭 툭 툭

그러면 네가 장식품을 얼른 움켜잡지

내가 그걸 떨어뜨려 부수기 전에

내가 뭔가를 툭툭 건드릴 때마다

너는 얼른 그것을 움켜잡고는

안 보이는 데로 치워버리지

이게 바로 내가 널 돕는 방식이야

네가 실내 장식이라고 부르는

어설픈 것들을 치워버릴 수 있게

카나리아

새장 속의 저 카나리아를 내게 줘

새장 속의 저 카나리아를 내게 줘

새장 속의 저 카나리아를 내게 줘

오, 이런 젠장

저 새가 막 대드네!

내 말은, 악 악 악 빌어먹을!

으악!

휴

그냥 접시 위의 치즈나 내놔……

3 우리 생각

"고맙습니다"라고 말하고 싶을 때
우리 고양이들이 쓰는 말이 있어
다만 우리 중 아무도 그걸 기억하지 못할 뿐이야

싫어

난 이동장이 싫어

통 안에 갇히는 게 싫어

내가 원해서 들어가는 게 아니라면

난 이동장이 싫다고

어딘가로 끌려가는 게 싫어

내가 달아날 수 없는 어딘가로

난 이동장이 싫다니까

네가 손을 집어넣고,

내가 그 손을 너덜너덜 할퀴어놓기 전에는

아무 말도 못 하고 갇혀 있어야 하잖아

난 정말 멋져

난 정말 멋져

난 진짜 근사해

나처럼 기가 막히게 아름답고

눈을 사로잡는

놀랍게 매혹적인 고양이는

이제껏 없었을 거야

이 집은 물론 그 어디에도

욕실 거울 속에 살고 있는

그 지저분한 괭이랑은 비교할 수도 없지 암

플라스틱 컵에 머리가 끼었던 날

플라스틱 컵에 머리가 끼었던 날

깨달음의 종이 울리는 것 같았어

단지 살아갈 뿐 아니라 배워야 한다는 걸

단지 존재할 뿐 아니라 잘 살아야 한다는 걸

그냥 바라기만 해서는 안 되고 간절히 원해야 한다는 걸

정신줄을 부여잡고

특유의 동작으로

내 자존감을 되찾아야 했어

또다시 플라스틱 컵에 머리가 끼었던 날

난 그냥 내 결점을 포용하기로 했어

회 상

만일

과거로 돌아갈 수 있다면

그리고 과거의 어린 나에게

단 하나의 경고를 할 수 있다면

그건 바로

절대, 절대 캣닢을 맛보지 말라는 말일 거야

내 생각에 정말로

시간을 거슬러 돌아갔던 것 같은데

토스터에게만 경고를 날리고 왔지 뭐야

인간들, 힘내

인간들

너희는 위대한 사랑의 능력을 가지고 있어

너희는 훌륭한 문제 해결 의지를 가지고 있지

너희는 정말 멋진 종이 될 수 있을 거야

단지 뭔가 동기가 필요할 뿐

작은 영감이 필요할 뿐이지

그저 이 몹쓸 소파에서 일어나기만 하면 돼

그래서 내가 거실은 다 내 영역이라고 주장하는 거야

넌 이제 일어나서 세상으로 나가

내가 널 자랑스럽게 여기도록 힘내

운명은 피할 수 없다는 걸

다른 고양이와

껴안을 때면 언제나

난 생각해

'우리 중 누구 하나가 다른 쪽을 깨무는 건

시간문제야

이 포옹이 서로 물어뜯기로 끝나는 건

시간문제일 뿐이야

어느 한쪽이 물리는 건

그저 시간문제일 뿐이야'

그래서 내가 먼저 다른 애를 깨물었어

운명은 피할 수 없다는 걸 증명해야 했거든

앞으로 닥칠 일은 알 수 없다는 것도

바로 나

난 네 이마에 얼굴을 비벼대지

코도 서로 부딪치고

네 턱에도 콩콩 머리를 박아

내가 널 사랑한다는 걸 보여주려고

넌 내 거라고 말해주려고

네 얼굴 전체에 내 냄새를 묻혀두지

그러니까 새로 온 고양이는

깨닫게 될 거야

네가 어딜 가든 함께 가는 건

바로 나라는 걸

너의 손길

난 단언할 수 있어

네 가벼운 어루만짐으로

네 섬세한 쓰다듬기로

네 보드라운 손길로

행복에 겨운 내 머리를 쓰다듬을 때

넌 정말이지 순한 사람임을

평생 험한 일이라곤 해본 적이 없는

그 순간

네가 신발에 발을 집어넣는

바로 그 순간

내가 한 짓을 알아챈 바로 그때 난 깨달았지

내가 네 열다섯 켤레의 신발에 해놓은 구토

점층법이란 바로 이런 거라는 걸

반짝이는 빛을 봤어

반짝이는 한 점의 빛을 봤어

벽 위에서 반짝이는 한 점의 빛

한순간에 세상을 봤어

감히 눈을 돌릴 수가 없었지

눈은 경이에 차서 커지고

심장은 희망으로 빠르게 뛰고

가슴은 날개를 달고 내 몸을 높이 끌어올려

나는 이제 새롭게 태어난 거야

나는 우주와 함께하는 이

모든 이와 함께하는 이

내가 바랐던 모든 것,

내가 꿈꾸었던 모든 것을 다 이뤘어

나는 무엇이든 될 수 있지

그런데 갑자기 그 반짝이는 한 점의 빛이

벽 위에서 빛나던 그 한 점의 빛이

그 순수의 순간이

거짓말처럼 사라져버렸어

가서 낮잠이나 자든지

헤어볼이나 한 덩어리 토하든지 해야겠네

님머스와 보보

넌 너무 시끄러워

넌 너무 커

넌 너무 지저분해

넌 너무 냄새나

우리 집사가 넘머스*와 보보** 라는 이름의

두 마리 고양이에게 기대하는 게 분명한

세련된 행동거지와는 영 딴판이라고

* Nummers, 훌륭한 음식과 음료를 속되게 이르는 말.

** Bobo, 성공적인 경력과 재력을 갖췄으며, 반사회적·반문화적인 생각과 미술품을 선호하는 사람을 이르는 속어.

내 삶을 잠으로 보내도

잠으로 보낸 내 평생에

배운 점이 하나 있다면

난 사람들이 모두 잠잘 때

잠에서 깬다는 것

그리고 분명히 아무것도 놓친 게

없다는 것

은신처

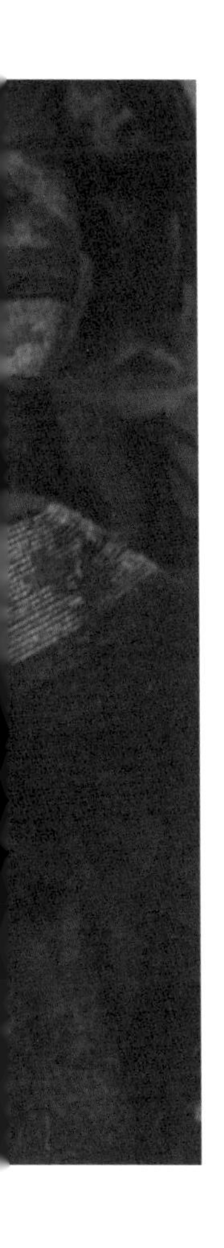

네 세탁물 바구니 속 깊숙이
파고들어 숨어
왜냐하면 가끔 나는
이 집이 감옥인 척하거든
이 바구니는 내가 탈출해 숨는 곳이고
너는 잔인하고 못된 교도소장이야
말도 없이 내 사료를 다른 걸로 바꿔버리다니

웃고 있는 너에게

내 머리 위에 장난감이 있어

너도 알지 내 머리 위에 장난감이 있는 걸

네가 올려놓은 거지

그래놓고 사진을 찍고

너 지금 웃고 있지

내 머릿속에 지금 무슨 생각이 떠올랐어

이런 생각을 하게 된 건 다 너 때문이야

잠시 후면 넌 더 이상 웃지 못하게 될 거야

혁명이란 게 다 이렇게 시작되는 건가 봐

선명한 모습

널 생각하면 늘

네 모습이 눈에 선해

또렷한 영상으로

네 상냥한 눈

따뜻한 미소

사랑스러운 존재가 보여

그러니까 어쩌면 너를

실제로 안 봐도 될지 몰라

아마도 한 달 정도는

4 우리 규칙

처음 여덟 개의 목숨은
실습을 위한 것,
마지막 아홉 번째 목숨은
복수를 위한 것

여보세요?

여보세요? 여보세요?

나한테 말하는 거야?

다른 방에서 네 목소리를 들었어

아 너 전화하는 거구나

하지만 난 아직 전화기가 없잖아

그러니까 직접 말을 해야 해

나한테만 집중해줘야 한다고

내가 탁자 위의 램프를 밀어 떨어뜨리고 나서야

날이 얼마나 어두워졌는지 알아차릴 모양이네

이제 전화기를 내려놓는 게 좋겠어

이 상황에 대해 얘기 좀 하게

개성

세상엔 두 가지 성격이 있어

외향적인 고양이와

내향적인 고양이

그리고 그 둘의 차이는

네 얼굴 위에 퍼질러 누웠을 때

네가 숨막혀서 웅얼거리는 소리에 반응하는지,

그걸 무시하는지로 구분할 수 있지

값비싼 삶

그래

내가 먹었어

네가 식탁 위에 놓고 간 20달러

네가 화난 건 감수할게

네 짜증도 겸허히 받아들일게

가장 고마운 건

50달러짜리 두 장도 같이 있었다는 걸

네가 까먹었다는 사실이야

레시피

파슬리

세이지

로즈메리

타임

털

털

털

조리대가 낮은 주방이라면

모든 음식의 기본 재료가 다 이렇지

크리스마스 선물

크리스마스 선물로

내가 바라는 건 네 사랑뿐이야

네 친절함뿐이야

네 변함없는 마음뿐이야

내 삶의 동반자

크리스마스 선물로

내가 바라는 건 네 따뜻함뿐이야

네 입맞춤뿐이야

네가 밤마다

내 옆에 누워 있어주기만 한다면 그걸로 족해

크리스마스 선물로

네 따뜻한 이해와

관용을 바랄 뿐이야

말하자면 난 「크리스마스의 12일」* 노래에 나오는

처음 네 가지만 있으면 돼

모두 정말 맛있을 것 같거든

아 그리고 다섯 개의 황금 반지도 있었으면 해

냉장고 밑에 굴려 넣을 장난감이 필요하거든

* 12 Days of Christmas, 가사 중 첫날부터 4일째까지의 선물은 순서대로 자고새 한 마리, 멧비둘기 두 마리, 암탉 세 마리, 노래하는 새 네 마리다. 5일째 선물은 황금 반지 다섯 개다.

나의 대체품

식구들이 우리 집에

사랑스러운 새 아기 고양이를 데려왔을 때

난 생각했어

'오 안 돼! 이제 내 수명이 다됐다고 생각했나봐

오 안 돼! 내 대체품을 준비했어

오 안 돼! 내게서 정을 떼려고 하나 봐'

하지만 그 후 난 봤어

새로 온 아기 고양이가 와인 꽂이에 끼고

신발장에 끼어 버둥거리는 걸

그러곤 생각했지

'오 이런! 이 늙고 무료한 고양이에게

큰 웃음을 주려고 그랬구나'

많고 많은 직업

너는 내 전속 요리사

내 위생사

내 네일 아티스트

내 목욕 관리사

내 헤어 스타일리스트

심지어 내 치아 관리사이기도 해

너는 내 생활에서

정말이지 많고 많은 직책을 맡고 있어

그런 걸 보면

이 새로운 일도 훌륭히 해낼 거라고

믿어 의심치 않는데 말야

스크래치용 기둥 역할…… 어떨까?

그래, 가끔

그래

가끔 난 트림을 해

그래

가끔 난 방귀도 뀌어

그래

가끔 뭔가 엉망진창으로 만들기도 해

그래

가끔은 그 세 가지를 동시에 다 하기도 하지

왜냐하면 우린

그만큼 허물없는 사이니까 말이야

너와

나

그리고

네가 집에 초대할 그 누군가와

그게 궁금하다면

왜 잠에서 깨자마자

아무 이유도 없이

갑자기 다른 고양이를 쥐어박느냐고?

그게 궁금하다면

새는 왜 노래하고

암소는 왜 음매거리며

페럿은 왜 페럿인지

물어보지 그래

오늘도 내가 거꾸로 매달린 채

다른 고양이를 쥐어박은 이유가 궁금하다면

그냥 그래야 할 분위기라서 그랬던 거야

알았지?

생일

매년 생일마다

똑같아

넌 호들갑스럽게 법석을 떨고

나한테 고깔모자를 씌우고

생일 케이크를 만들고

난 그 케이크를 바닥에 엎어뜨리고

넌 뜯어볼 선물이 산더미라는 듯이

야단이지

횡재

삼백

사십

팔

달러

그리고 이십이 센트

집 안에 숨긴 동전이 이만큼이나 돼

모두 네 책상 밑에 박혀 있지

수년에 걸쳐 내가 하나하나 집어넣은 거야

저축은 인간들이 생각하는 것보다 훨씬 더 쉽다니까

사냥감

그래, 난 사냥감을 갖고 놀아

그래, 사냥감의 싸움 기술을 시험해보기도 해

그래, 잔인하게 보일 수도 있어

그래, 잔혹하다고 말할 수도 있겠지

하지만 내 연구 결과가

"맛있다" 한마디뿐이라면

어떤 과학잡지가

내 연구를 실어주겠어

아주 가까이

집중 또 집중해서 귀를 기울이면

아주 가까이 몸을 숙여보면

내가 다른 고양이의 엉덩이에 코를 들이대는 그 순간

바로 그 순간까지 기다리면

내 숨죽인 웃음소리를 들을 수 있을 거야

나 자신조차 믿을 수 없지만

이게 바로 우리가 다른 고양이에게

"안녕"이라고 인사하는 방법이거든

룸메이트

우리가 처음 만났을 때, 친구야

난 너한테 관심이 없었어

다른 고양이가 왜 우리 집에 왔나 했지

하지만 곧 우린 친구가 되었어

그러곤 친구 이상이 되려고 노력했지

집사가 우리를 맺어주었다는 걸 눈치챌 때까진 말이야

그래서 우린 헤어졌어

각자 집 끝과 끝에 살기로 했지

거실을 지나다 마주치면

우린 서로 고개를 까딱하고

살며시 웃음을 교환하지

우린 아직 기억하거든

집사의 무릎에 우리가 동시에 뛰어올랐을 때를

그때 집사는 금방 샤워를 마치고 발가벗은 채였지

감사의 말

이 책은 내 가족과 사랑하는 사람들의 엄청난 지원 없이는 완성될 수 없었을 것이다. 그리고 고양이들. 내 친구들의 지원. 더 많은 고양이. 모든 애묘인의 지원. 그리고 그들의 고양이들. 이들 없이는 더욱 불가능했다. 간단히 말해 나는 수많은 고양이에게 큰 빚을 졌다.

옮긴이의 말

어렸을 때 우리 집에는 항상 개가 있었다. 요즘처럼 사료를 먹이고 동물병원에 때맞춰 데려가며 동물을 키우던 시절이 아니어서, 어머니가 보리쌀을 삶아 잔반과 함께 먹이며 마당에서 길렀다. 학교가 끝나면 버스 정류장에 마중 나와 있던 개와 함께 타박타박 집으로 돌아오던 추억은 지금 돌이켜봐도 마음이 따뜻해진다. 그렇게 어려서부터 함께 자란 첫 개가 나이 들어 무지개다리를 건넌 후 오랫동안 동물을 키우지 못했다. 어른이 되어 내 아이들이 반려동물을 키우고 싶어할 때도 다시 생명을 키운다는 게 조심스러워 많이 망설였다.

그러던 어느 날 내가 품어주지 않으면 살아남지 못할 것 같은 아기 고양이를 만났고, 훅 불면 날아갈 듯이 작고 약한 그 아기 고양이는 은비라는 이름으로 우리 집에 들어와 가족들에게 '고양이의 복음'을 전파했다. 은비 덕분에 고양이의 세상에 눈을 떴고, 길고양이들에게도 관심을 갖게 되어 유기묘와 길고양이 들을 집에서 돌보고 좋은 가족을 찾아주기 시작한 지 어느 새 10년이 넘었다.

개들과 오래 함께했고, 새며 햄스터도 천수를 다할 때까지 잘 키웠던 적이 있어서 동물에 대해 잘 안다고 생각했는데 고양이를 키우고 길고양이를 돌보면서 이들은 또 전혀 새로운 동물이라는 것을 알게 되었다. 그리고 은비 이후로 하나둘 고양이가 늘어가면서 그들 하나하나가 얼마나 독특한 존재인지를 깨닫고 신기해하기도 했다. 이제 고양이에 대해선 모르는 게 없다고 생각했는데, 새로운 고양이가 들어오면 또 새로운 사실을 발견한다. 정말이지 고양이란 존재는 양파 껍질처럼 까면 깔수록 신비하고 매력적인 동물이다. 더구나 양파 껍질과는 달리 깔 때마다 새콤한 맛, 매운맛, 달콤한 맛, 쓴맛 등 수없이 다양한 모습을 보여준다.

프란체스코 마르치울리아노가 써내려간 고양이의 시들은 이처럼 종잡을 수 없는 고양이의 매력을 위트 넘치는 풍자시로 표현하고 있다. 오랫동안 고양이와 동거해온 저자가 고양이의 시선에서 고양이가 말하듯이 쓴 이 시들은 고양이 반려인을 위한 암호문과도 같다. 고양이와 살아보지 않은 사람에게 이 시들은 뜻 모를 말들의 나열일 수 있지만, 고양이와 살아봤거나 살고 있는 이라면 그 뜻을 바로 알아채고 킥킥 웃어가며 공감할 수 있을 것이다.

가령 「반짝이는 빛을 봤어」에서 고양이는 벽에 반짝이는 한 점의 빛을 보고 우주의 경이를 느끼며 빠져들다가 갑자기 그 순수의 순간이 사라짐에 망연자실하고는 금세 잊어버린다. 이게 무슨 이야기일까 싶지만, 고양이를 아는 사람들이라면 바로 레이저 포인터를 떠올릴 것이다. 입양 첫날 "내 인간"에게 지어줄 이름을 고심하는 「이름」의 고양이나, 거울 속 고양이를 무시하는 「난 정말 멋져」의 고양이는 또 어떤가. 한 편 한 편 읽어나가다 보면 여기저기에서 그동안 내가 돌봤던 영리하고 자존심 강한 고양이들, 무심한 듯하면서도 은근히 '자신의 것(반려인을 포함해서)'에 애착하는 그들의 모습이 떠올라 슬그머니 미소 짓게 된다.

『고양이의 시: 망가진 장난감에게 바치는 엘레지』를 번역한 후 많은 분으로부터 재미있게 읽었다는 인사와 함께, "다 좋은데 너무 짧다, 고양이의 시를 좀더 읽고 싶다"는 말을 들었다. 고양이들이 더 많은 시를 써준 덕분에 이번에 『고양이의 시 vol.2 : 인간들, 힘내』도 옮길 수 있어 기쁘다. 이 책을 번역하며 내 어린 시절을 풍요롭게 해준 잊을 수 없는 개들과 내 성인 시절을 함께하고 있는 고양이들을 생각했다. 고양이와 개는 많은 부분이 다르지만 둘 다 사랑스러운 인간의 벗이다. 이 매력적인 동물들과 함께 살아가는 모든 사람에게 이 책이 즐거운 선물이 되기를 바란다.

고양이의 시 vol.2
인간들, 힘내

초판인쇄 2017년 12월 8일
초판발행 2017년 12월 15일

지은이 프란체스코 마르치울리아노
옮긴이 김미진
펴낸이 강성민
편집장 이은혜
편집 박은아 곽우정 김지수 이은경
편집보조 임채원
디자인 강혜림
마케팅 이숙재 정현민
홍보 김희숙 김상만 이천희

펴낸곳 (주)글항아리 | 출판등록 2009년 1월 19일 제406-2009-000002호

주소 10881 경기도 파주시 회동길 210
전자우편 bookpot@hanmail.net
전화번호 031-955-8891(마케팅) 031-955-2663(편집부)
팩스 031-955-2557

ISBN 978-89-6735-462-6 02840

에쎄는 ㈜글항아리의 브랜드입니다.

이 도서의 국립중앙도서관 출판예정도서목록(CIP)은 서지정보유통지원시스템 홈페이지(http://seoji.nl.go.kr)와 국가자료공동목록시스템(http://www.nl.go.kr/kolisnet)에서 이용하실 수 있습니다.(CIP제어번호: CIP2017032424)